Primaria Pergo 2011

Testi: *Luisa Mattia*
Illustrazioni: *Antonio Vincenti*
Progetto grafico: *Lorenzo Pacini*

www.giunti.it

Via Bolognese, 165 - 50139 Firenze - Italia
Via Dante, 4 - 20121 Milano - Italia

Prima edizione: marzo 1997
Nuova edizione: settembre 2008

Ristampa	Anno
6 5 4 3 2 1	2013 2012 2011 2010

Stampato presso Giunti Industrie Grafiche S.p.A. - Stabilimento di Prato

Luisa Mattia

PRIGIONIERO IN FUGA

Illustrazioni di Antonio Vincenti

GIUNTI Junior

Cap. 1

LA LETTERA D'AMORE

Sembrava che non ci fosse niente di speciale in quella giornata di primavera.

Il cortile della scuola era assolato e vuoto.

Tutti studiavano nelle classi.

I bidelli pulivano i corridoi.

Il direttore firmava documenti.

La segretaria timbrava fogli pieni di numeri.

Il cuoco preparava il pranzo di mezzogiorno.

Moretto, benedetto gatto del portiere, riposava al sole.

Qualche bambino si annoiava.

Tutto filava liscio, come al solito.

Eppure, la straordinaria storia di Aldo cominciò proprio quel giorno.

Una grande risata ruppe improvvisamente la quiete del cortile e della scuola. Proveniva dalle finestre della classe V c, primo piano, ala nord.

«Zitti, per favore. Fatelo continuare» stava dicendo la maestra.

Il vento di risate, il muoversi scomposto delle braccia, lo spostarsi delle sedie si interruppe poco a poco. Ogni tanto qualcuno non riusciva ancora a frenarsi e gli scappava un singulto, subito represso.

Poi ci fu silenzio, finalmente.

«Allora, Aldo. Hai detto che da grande vuoi fare il giornalaio».

«Si è sbagliato di sicuro» incalzò Tommaso. «Voleva dire giornalista!»

«No, proprio giornalaio» insistette Aldo.

Era tranquillo, sicuro di quello che diceva. Guardò i compagni: Tommaso che voleva fare il dottore; Pierfrancesco che voleva fare il manager; Susanna che sarebbe diventata una presentatrice televisiva; Marta, futura professoressa universitaria; Franco che andava a scuola-calcio e sarebbe diventato un campione. Milionario, ovvio.

Ogni bambino della classe aveva detto come immaginava il suo futuro. C'era da scrivere un tema: "Cosa vorrei fare da grande". Uno alla volta, la maestra li aveva invitati a dire agli altri cosa pensava di fare. Arrivato il turno di Aldo, lui aveva detto: «Io sogno di fare il giornalaio».

E forse per il modo in cui l'aveva detto – con una voce roca, appena percettibile – o forse per il fatto che tutti avevano pensato al giornalaio Memmo, secco come uno spaghetto e con una mano di legno... insomma, lo avevano sommerso di risate, senza lasciargli il tempo di spiegare.

«E perché proprio il giornalaio?» chiese la maestra. Lui stava per rispondere ma quando vide, con la coda dell'occhio, lo sguardo sarcastico di quel presuntuoso di Franco, la voce gli rimase in gola. Non aveva voglia di essere ancora preso in giro, Abbassò la testa e farfugliò: «Così!» accompagnando la parola con un gesto vago della mano.

«Oggi proprio non è aria, vero?». La maestra pareva intenzionata a dare il via al tema. «Mettetevi al lavoro ragazzi. Abbiamo parlato a sufficienza dell'argomento. Ognuno per sé, mi raccomando» aggiunse con tono perentorio.

Ci fu un brusio, un rumore confuso di fogli protocollo e penne, cartelle chiuse e sedie trascinate. Poi silenzio. O quasi. Ogni tanto cadeva una matita per terra e si sentiva una voce soffocata chiamare il compagno seduto di fronte. «Ssttt» sibilava la maestra e tutto tornava quieto.

Aldo, seduto al suo tavolo, penna in mano e foglio bianco di fronte a sé, cominciò a scrivere:

Da grande farò il giornalaio, anche se a qualcuno sembra buffo. A me piacciono molto i giornali e le figurine. L'edicola è piena di cose interessanti da leggere. Io andrò tutti i giorni ad aprirla. La vorrei vicino alla stazione degli autobus, così la gente che va a lavorare avrebbe qualche cosa da leggere mentre viaggia. Oppure, vicino al mercato della frutta, così i venditori non si annoierebbero quando non c'è da lavorare. Mi pagherebbero anche con le banane o le ciliegie. (Meglio le banane, se posso scegliere.)

Nella mia edicola metterò tantissimi giornali a fumetti, ma non quelli dell'orrore perché mi fanno un po' paura e un po' schifo. Ai bambini regalerò un album di figurine ogni dieci pacchetti. Imparerò a dare il resto; non è difficile. E saprò tutte le notizie del mondo. Quando non ci sarà da fare, mi metterò a leggere anch'io. Tutto quello che stampano io lo leggerò, senza stancarmi. Soprattutto fumetti, ma non solo quelli. Saprò tantissime storie e potrò raccontarle ai miei figli. Se mi sposerò. Sennò, fa lo stesso. Le saprò io e se vogliono le racconterò ai clienti, mentre stanno fermi alla fermata dell'autobus e si scocciano perché non sanno che fare.

Posò la penna e rimase un attimo assorto.

Poi si frugò nelle tasche e tirò fuori un disegnino sgualcito. Era la mappa della scuola, disegnata da lui. In bella evidenza, due cerchi rossi segnalavano altrettanti punti dell'edificio. Con il pennarello caricò di più il rosso e poi disegnò il contorno di un cuore, spezzato a metà. Il cuore era disegnato nel punto esatto dove si trovava la sua classe. L'altro, un cuoricino rosso rosso e palpitante, trafitto da una freccia giallo oro, prendeva intero lo spazio occupato dalla classe V A, piano terra, ala nord.

Con il pennarello rosa scrisse in stampatello SARA. Poi unì i due cuori con una catenella azzurro cielo. Guardò la mappa con una certa soddisfazione.

“E se non capisse quanto l’amo?” si domandò. Forse il disegno non sarebbe bastato.

Pensare a Sara lo faceva sentire debole, piccolo, incapace di tutto; proprio un bambino un po’ scemo, da prendere in giro. Pensare a Sara…

“Devo scriverle qualcosa in più”. Lo aveva detto sottovoce, come parlando a se stesso. Ebbe paura che gli altri lo avessero sentito, che avessero notato tutto quel trafficare di pensieri e biglietti d’amore sotto il foglio del tema.

Si guardò intorno. Tutti i bambini erano chini sul loro foglio. La maestra correggeva i compiti di grammatica del giorno prima. Tommaso smangiucchiava il cappuccio della penna e guardava fuori della finestra. Aldo si sentì sollevato. Non c’era pericolo di essere scoperto.

Tommaso, sentendosi osservato, si voltò verso di lui e chiese sottovoce, appiattendosi sul banco: «Che hai scritto?».

«Del giornalaio» rispose Aldo con voce altrettanto soffocata. Poi chinò la testa sul foglio e Tommaso lo lasciò perdere.

Aldo aveva preso il quaderno di matematica. Ne strappò una pagina. Il rumore sibilante della carta sembrò amplificarsi in tutto quel silenzio. O almeno così gli parve, perché nessuno, invece, sembrò accorgersi di niente.

La maestra sussurrò appena: «Non sprecate i fogli di carta!» ma non alzò neppure la testa.

Aldo tornò al foglio. Rigirò la penna tra le mani. Era blu.

«Non sarà meglio rossa?»

Decise di sì.

Penna rossa, foglio a quadretti.

Scrisse.

Messaggio per Sara. Da Aldo. I tuoi capelli sono oro che si perde nel vento. Il mio cuore è un'onda di mare quando ti guardo. Ti amerò sempre. Scrivimi, se mi ami anche tu.

Rilesse. L'emozione lo aveva fatto scrivere con una grafia tremolante e un po' storta.

"Che brutto" pensò. "Lo riscrivo".

Fece per prendere un altro foglio, quando i suoi occhi incrociarono lo sguardo attento di Tommaso.

«Che hai lì?» gli chiese ammiccando.

«Niente. Il tema».

«Bugiardo. Il tema è sul foglio a righe. Quella è un'altra cosa».

«Lasciami stare, devo fare il tema» sibilò Aldo.

In quel momento avrebbe voluto cancellare Tommaso. Un momento, un momento solo, quanto bastava per piegare il biglietto e metterlo in tasca! Ma il desiderio non si avverò.

Ancora Tommaso: «Ma che è un segreto? Dimmi che cos'è, sennò lo dico alla maestra» minacciò.

"Zitto, sta' zitto" pensava Aldo e sentiva salirgli alla gola la voglia di gridare, una strana sensazione di rabbia mescolata a paura.

«Falla finita, scemo» gli rispose incollerito.

Tommaso non ebbe esitazioni. Allungò la mano e abbrancò il foglio a quadretti, su cui campeggiava a grandi lettere rosse "Messaggio per Sara".

Aldo non fu abbastanza svelto. Si ritrovarono a contendersi quel misero biglietto, sforzandosi come fossero ad una gara di tiro alla fune.

STRAAAP. Il biglietto si divise in due metà sbrindellate. Le sedie si rovesciarono. I compagni sollevarono tutti la testa contemporaneamente, come fossero in un balletto. La maestra si alzò dalla sua sedia e si avvicinò ai due. Guardò i volti congestionati di Aldo e Tommaso. Poi lo sguardo si posò sul biglietto stracciato.

Il cuore di Aldo batteva all'impazzata. Ne sentiva contraccolpi nel petto. Sudava e aveva la gola secca. Tommaso gli diede un ultimo spintone.

«Mi ha detto scemo!» si lamentò con la maestra.

Con grande sollievo di Aldo, lei accartocciò il biglietto senza leggerlo. Lo gettò nel cestino. Poi li fulminò con un'occhiata severa.

«Immagino che abbiate finito il tema, vero?»

«No, ancora non proprio» ansimò Tommaso.

«Bene, terminatelo una volta per tutte. E basta con litigi e parolacce, d'accordo?» aggiunse.

«Hai capito, Aldo?»

Lo guardava dritto negli occhi, ora. Si vergognò.

«Sì, ho capito» borbottò lui e tornò a sedersi.

Finirono il tema, giusto un minuto prima che suonasse la campanella per la mensa. Aldo non era tranquillo. Il biglietto era nel cestino. Qualcuno avrebbe potuto leggerlo, in ogni caso.

«Prima di scendere a mangiare, me lo riprendo. Lo pesco in mezzo alle cartacce» disse a se stesso. Tommaso , però, fu più veloce di lui.

Al suono della campana, si alzò e corse al cestino. Prese al volo il biglietto ormai a brandelli, lo sventolò trionfante e sgusciò fuori.

Aldo lo rincorse. «Dammelo! È mio».

Più che un ordine gli uscì quasi un lamento. Gli veniva da piangere.

Si sentiva ridicolo e indifeso.

Tommaso si era fermato in mezzo al cortile. Si inginocchiò mettendo una mano sul cuore, come fosse un cavaliere di Artù e declamò a voce alta: «Sara, amore mio, i tuoi capelli sono d'oro , il mio cuore è un purè. Staremo sempre insieme io e te!». Rideva.

La collera chiazzò la faccia di Aldo. Rosso in viso, si avvicinò al compagno e a pugni stretti gli gridò: «Basta! Ridammi i miei fogli».

«Non ci penso proprio! Farò il postino e lo darò al tuo amore. Smack, smack, smack».

Si mise a baciare quel pezzetto di carta sgualcito, facendo finta di abbracciare qualcuno.

Intanto, s'era creato intorno a loro un assembramento di bambini e bambine, attirati dallo spettacolo offerto dai due.

Aldo sentì il cuore diventargli di pietra, quando vide in quel gruppo proprio Sara, che guardava incuriosita la scena.

Anche Tommaso la vide. E corse come una lepre verso di lei, tendendo il foglio.

Un attimo, solo un attimo di esitazione e poi lei lo prese.

Aldo aveva il respiro corto. Gli sembrava di essere in un mondo vuoto, dove viveva solo lui. Gli altri, tutti gli altri, li vedeva come fos-

sero dietro uno schermo della televisione. Avrebbe voluto andar via, ma le gambe erano blocchi di pietra. Lo tenevano legato alla terra, come un chiodo piantato nel muro.

Sara aveva il biglietto in mano.

Sara lo stava leggendo.

Lei sollevò lo sguardo e lo fissò.

Aldo si sentì incendiare il cuore. Improvvisamente leggero come carta bruciata, scattò verso il cancello e si lasciò alle spalle il cortile, la scuola, Tommaso.

E Sara.

PEEEP!
SCREE

Cap. 2

SENZA META

La strada sembrava sfuggirgli sotto i piedi, come il nastro di una scala mobile. Dove stava andando?

Aldo si fermò a riprendere fiato, appena girato l'angolo dell'isolato. Si guardò intorno. Nessuno faceva caso a lui.

"E adesso che faccio? Tornare a scuola proprio non se ne parla!"

Gli tornò alla mente la faccia divertita di Tommaso, gli occhi di Sara e i volti dei bambini, come fossero un turbinio disordinato di bocche che lo irridevano.

Li immaginò, seduti ai tavoli della mensa, a passarsi di mano in mano il biglietto, a ridacchiare, a pensare come prenderlo in giro.

Vide Sara, in mezzo a loro, con gli occhi brillanti per il divertimento.

Anche lei pronta a metterlo in ridicolo.

No, non poteva tornare a scuola!

Neppure casa sua andava bene.

Come avrebbe potuto spiegare il suo rientro anticipato, senza lo zaino e tutto sudato? Da scuola, poi, avevano già telefonato. Sicuro come un compito in classe! Che avrebbe detto papà? No, non se la sentiva di spiegargli il perché di quel litigio. A pensarci bene, non ricordava neppure bene come era cominciata. La sensazione che gli rimaneva forte nel cuore era la collera contro Tommaso e la vergogna di fronte a Sara. Tutto il resto era una memoria annebbiata di frasi, spintoni, parole scritte su un foglio di carta.

Entrò nel parco comunale. Si sdraiò sull'erba e si mise a guardare il cielo. Azzurro, era azzurro come nei fumetti di Topolino. Il cielo di Paperopoli!

Gli venne da ridere a quell'idea. Si stupì di stare

così bene. L'odore dell'erba appena tagliata lo faceva sentire vivo, pieno di fantasia. Nello stesso tempo, aveva il desiderio di lasciarsi andare, di dormire un po', di lasciarsi cullare dal venticello primaverile e dal calore leggero dei raggi solari. Chiuse gli occhi. Arancio, rosso, giallo, verde... Quanti colori ci sono nel sole! Arancio, rosso, giallo, verde, oro... i capelli di Sara... Si addormentò.

«Rigore, rigore!» strillò un ragazzino, rosso di capelli e lungo lungo come un lampione. Faceva l'arbitro, naturale!

Il gruppetto di giocatori, gambe impolverate, magliette bagnate di sudore, calzettoni alla caviglia, sembrò scomporsi. Una metà di loro cominciò a protestare, strattonando l'arbitro, gridando, facendo – braccia al cielo – grandi gesti di disperazione. Niente da fare. Si tirò il rigore.

«GOOL» gridarono gli altri.

«Uno a zero» strillò un piccoletto tutto muscoli e con la faccia congestionata dall'emozione.

Fischio dell'arbitro. Si riprese. Fu proprio lui, il piccoletto, a lanciare un gran tiro verso la porta avversaria. Gran tiro. Peccato che finì qualche metro oltre i pali.

Il pallone superò a gran velocità il campetto polveroso del parco e colpì in pieno Aldo.

Cadde, il pallone, nel mezzo di un sogno a colori.

Aldo camminava, nel sogno, lungo una spiaggia dalla sabbia finissima.

Il mare era quieto e trasparente. Sulla riva una barca lo attendeva. Al largo era ormeggiato un veliero.

Man mano che si avvicinava alla nave, cresceva il vociare fastidioso della ciurma. Sempre di più. Salì a bordo. Il capitano… era Tommaso, con una bella divisa blu, decorata in oro e la faccia scanzonata di sempre. Tommaso tese la mano, come volesse prendergli qualcosa…

«È mia, grazieee!»

Un bambino tendeva le braccia per riprendersi il pallone che Aldo, ancora intontito dal sonno, stringeva tra le mani. Lo lasciò rotolare verso il ragazzino, che lo prese al volo e tornò correndo verso il campetto. Lo seguì con lo sguardo, poi decise di avvicinarsi al gruppetto.

L'arbitro, il ragazzino allampanato, correva di qua e di là, infliggeva ammonizioni, fischiava punizioni; si faceva obbedire con grande autorità. Aldo lo osservava con interesse. Gli sembrava un tipo proprio in gamba, un duro.

"Quello non si fa mettere sotto i piedi da nessuno!"

Pensò che voleva essergli amico.

«Come ti chiami?»

La partitella era finita da poco. Il ragazzino rosso si era accoccolato sull'erba. Aveva tolto le scarpe e si asciugava il sudore con un lembo della maglietta. Guardò Aldo con indifferenza. Non gli rispose.

«Io mi chiamo Aldo».

E gli tese la mano. Il rosso ebbe un attimo di esitazione, poi gli strinse la mano, borbottando il suo nome: «Matteo».

Continuò ad asciugarsi il sudore. Guardò il cielo. Si tirò su i calzettoni. Rimise le scarpe.

«Be', ciao!» disse alzandosi.

«Adesso dove andate?»

Quel tipo rosso, Matteo, forse lo avrebbe aiutato. Aldo aveva bisogno di impegnare il tempo, di trovare qualcuno che gli dicesse cosa fare.

«Dove andate, chi? Non vedi che siamo rimasti solo noi?»

Vero. Tutti gli altri bambini, appena finita la partita, se ne erano andati alla spicciolata.

«Perché non te ne vai a casa?»

«Devo aspettare che i miei ritornino, non ho le chiavi!»

Aldo si congratulò con se stesso: la bugia inventata lì per lì era verosimile.

«Io non vado da nessuna parte. Vado in giro».

«Possovenireconte?» domandò Aldo d'un fiato.

Matteo fece spallucce, come a dire "Fa' quello che ti pare".

Aldo lo seguì.

Cap. 3

SCOMPARSI

"Che pomeriggio schifoso!" pensava rabbiosa Sara.

Tutto quel trambusto che s'era creato in cortile le aveva complicato la vita. Sorrisetti, battute e poi la faccia gongolante di quel Tommaso!

Insopportabile, veramente insopportabile.

Certo che il più irritante di tutti era stato Aldo. Ma chi era quel ragazzino?

Da giorni la guardava con un occhio da pesce lesso, ogni volta che l'incontrava! Giorni che se lo ritrovava tra i piedi, a ogni angolo del cortile, nei corridoi, durante le attività sportive pomeridiane. Sempre e ovunque quell'Aldo!

Si avvicinava, balbettava un "Ciao" appena percettibile e poi se ne andava via tutto rosso

in faccia. Che tipo! Almeno le avesse detto qualcosa, che so raccontato una barzelletta! Ma figurati se quello conosce storie divertenti! Dev' essere un secchione noioso, incapace di far qualunque cosa che sia appena un po' interessante.

"L'unica cosa che gli riesce bene è dar fastidio a me" disse a se stessa. "Fa il languido, il romantico e finisce sempre a fare la figura del fesso. Oggi, poi, ha dato il meglio di sé. Scappare cosi, davanti a tutti, come se lo inseguisse un esercito intero. Scemo!"

Fu soddisfatta dei suoi pensieri aggressivi. Doveva sfogarsi! Per colpa di quel babbeo di Aldo, gli altri l'avrebbero presa in giro per almeno una settimana, con messaggi d'amore e cuori rossi trafitti.

Avesse avuto la soddisfazione di leggere il

biglietto, almeno! Quello che le era arrivato tra le mani era stato un pezzaccio di carta strappata, un brandello in cui si leggevano parole smozzicate e senza senso. Infatti, dopo il furibondo litigio con Tommaso, del biglietto di Aldo si leggeva soltanto:

RA
ORO
NEL
CUORE
DI MARE
SEMPRE
MI
AMI TU

Un po' poco per far sbollire la rabbia di Sara. Anzi, più passava il tempo, più rileggeva i resti del biglietto, più la bambina sentiva crescere dentro di sé il desiderio di litigare con Aldo, e fargliela vedere!

Neanche questo le era consentito.

Aldo era fuggito da scuola e non s'era fatto vedere per il resto della giornata!

E come se non fosse bastata la figuraccia con compagni, la sua fuga aveva creato un trambusto incontenibile nella scuola.

La maestra era agitatissima.

Il direttore aveva chiamato Tommaso e lei per sapere come era andata.

La segretaria aveva passato il pomeriggio al telefono.

I genitori di Aldo erano arrivati da poco e se ne stavano davanti alla porta della Direzione, gironzolando avanti e indietro.

Il padre di Aldo era un omone grande e grosso. Fumava in silenzio una sigaretta dopo l'altra e nel suo andirivieni ogni tanto sollevava la testa, alzava un po' le braccia e poi sospirava forte "Ah, mamma mia!".

Sembrava, pensò Sara, uno degli orsi del Luna park, quelli del piccolo tirassegno, che quando li colpisci fanno forte "Ahhhhhh" e poi riprendono a camminare.

La mamma di Aldo se ne stava appoggiata allo stipite della porta, si affacciava ogni cinque secondi nell'ufficio del direttore e chiedeva: «Novità?».

«Nessuna» rispondeva con un filo di voce il direttore.

Ogni cinque minuti, madre e padre si avvicinavano a Sara e a Tommaso e chiedevano con voce ansiosa: «Davvero non sapete dove è andato?».

Quell'aria da tragedia era veramente fastidiosa. L'atmosfera aveva contagiato tutti. Perfino Tommaso, solitamente allegro e scherzoso sembrava improvvisamente senza risorse. Se ne stava zitto e buono su una panca e nemmeno la guardava.

E lei era stufa! Stufa di tutto quel silenzio, di tutte quelle domande sceme, dell'aria di rimprovero del direttore!

«Io non c'entro niente» avrebbe voluto gridargli in faccia, ma non ne aveva avuto né il tempo né il coraggio. Continuava a rimuginare per conto suo.

«Proprio a me dovevano capitare un sacco di rogne per uno stupido biglietto d'amore!»

Già, proprio a lei. Strano davvero! Perché se è vero che Sara, come le aveva scritto Aldo, aveva i capelli d'oro che si perdono nel vento e anche magnifici occhi grigi... be', non era un angelo. Anzi, tutt'altro.

Sara era da sempre una scavezzacollo, un "maschiaccio" come dicevano in casa. Giocava sempre con i maschi, gli teneva testa con le battute e le barzellette, giocava con loro al calcio e detestava le "smancerie da bambinetti", come diceva lei. E guarda cosa le doveva capitare!

Perché mai Aldo non aveva scritto un biglietto d'amore a quella bamboletta di Susanna! Lei si che era adatta a ricevere un biglietto così mieloso.

«Quando lo incontro, glielo do io il biglietto d'amore!»

La rimandarono a casa.

Il direttore confabulò un po' con la mamma, che era venuta a prenderla, le lanciò uno sguardo obliquo (nient'affatto simpatico, nient'affatto!) e poi si allontanò.

«Così, metti in fuga gli innamorati!» la canzonò la mamma.

Sara rimase zitta. Strinse i pugni e fece finta di niente.

«Non vuoi parlarne, eh! Ma non preoccuparti, vedrai che lo ritrovano!»

«Non me ne importa niente se lo ritrovano» esplose la bambina. «Proprio niente! Quello è uno scemo. Mi fa vergognare e vorrei che si perdesse sotto i ponti o sull'autostrada, brutto stupido!»

«Ma che dici, Sara! Non vuoi che ritrovino Aldo?!»

«Voglio che mi lasciate in pace!» strillò Sara

Le venne da piangere.

Scattò in avanti, precedendo la mamma. Si ficcò nel portone di casa come se qualcuno la inseguisse. Salì le scale a due a due e poi si chiuse in camera.

Fuori della porta il cartello che le avevano regalato per Natale: "Non entrare. Il genio sta pensando!".

La mamma bussò.

«Tutto bene?»

«Sì» grugnì Sara, sbatacchiando con malagrazia lo zaino sulla scrivania.

«Ti chiamo per la cena».

Sara si buttò sul letto, accese la Tv e provò a guardare un cartone animato…

La sua mente, in realtà, era occupata da un accavallarsi di pensieri confusi. Rivedeva il biglietto, Aldo, Tommaso, il direttore, la faccia preoccupata della mamma di Aldo, lui che correva via.

«Ma dove sarà andato? Tonto com'è non saprà che pesci pigliare».

Mise le mani in tasca. Toccò il biglietto. Rilesse le parole: ra oro nel cuore di mare sempre mi ami tu.

Chiuse gli occhi.

«Stupida!» pensò di se stessa.

S'era fatto buio.

«La cenaaa».

L'orologio segnava le sette e mezzo.

Sara entrò in cucina stropicciandosi gli occhi. Tutto regolare, come sempre.

«Ciao, papa!«

«'ao» rispose il padre, intento a guardare il TG.

Lei si sedette. Sullo schermo correvano i titoli di testa del notiziario. Il viso sorridente di Aldo campeggiò sul video per qualche secondo.

«Scomparso» diceva il commento. «Fugge da scuola dopo un litigio. Nessuna traccia di lui. Le ricerche continuano anche stanotte. Setacciata tutta la città».

TG
ROCK
BAR

Cap. 4

IN TRAPPOLA

Gironzolavano senza meta già da parecchie ore, quando Matteo si fermò davanti ad un negozio.

«Che dici di farci qualche partita?»

E senza aspettare la risposta di Aldo si infilò dentro uno stanzone spoglio, pieno di videogame. In un angolo dei ragazzi grandi giocavano al biliardo. In fondo alla stanza, in un angoletto c'era un banco per il caffè espresso, il frigo con i gelati e la Tv.

Aldo, mani in tasca e l'aria annoiata, si appoggiò al muro accanto al biliardo. Matteo era già immerso in una terrificante battaglia stellare.

«Ho già fatto fuori due astronavi!» dichiarò trionfante. «Prendi i gettoni anche tu e sceglìti una battaglia!»

«Ecco, bella idea. Sceglitiuna battaglia e levati di torno».

Il tono perentorio della voce, lo sguardo fermo, due avambracci come due pagnotte, appartenevano a un ragazzo alto e dall'aria minacciosa. Parlando, aveva preso Aldo per un lembo della maglietta e lo aveva scansato con malagrazia, allontanandolo dal tavolo del biliardo.

«Non ti ci mettere con quello. È un prepotente» lo consigliò Matteo, continuando a guardare fisso lo schermo del video.

«Ma non gli ho fatto niente!» rispose umiliato Aldo.

«Meglio così» bofonchiò l'amico. «Vittoria!!!» strillò subito dopo, prendendo l'amico per le spalle e facendogli fare una piroetta. «Perché non giochi anche tu?».

«Che ora è?» gli chiese di rimando Aldo,

scatenando in Matteo un'ondata di pensieri confusi.

Ma chi era mai questo ragazzino che dal primo pomeriggio lo seguiva come un'ombra? Lo trovava simpatico, ma certo era noioso e faceva un sacco di domande idiote. E l'ora, poi!? Chiedeva "Che ora è?", ogni cinque minuti. E poi, quella timidezza irritante. E l'aria stralunata dove la metti? Un paio di volte l'aveva preso al volo, prima che finisse sotto le ruote di una macchina. Camminava con il naso per aria, inciampava, sbagliava strada. Insomma, un vero disastro! In più, faceva il misterioso, e questo gli dava davvero fastidio. Chi gli ha chiesto niente! S'è attaccato a me come un chewing gum.

«Senti un po', bello. Bisogna che ti svegli! Soprattutto, bisogna che mi lasci in pace, hai capito? Mi sono stufato di te e delle tue domande sceme. Fattelo dire da qualcun altro che ora è. Anzi, sai che ti dico? Vattene a casa. Tu stai bene giusto vicino a mammina!» Fece una smorfia di scherno, gli diede una spinta per scansarlo e andò verso il televisore.

Aldo rimase fermo al centro del saloncino.

La sigla del TG Regionale era alla fine.

«Questi i titoli di oggi» stava dicendo l'annunciatrice, proprio mentre Matteo, sgranocchiando un sacchetto di patatine fritte, si sedeva di fronte allo schermo.

"TG, che palle!» pensò.

Telecomando in mano, pronto allo zapping, Matteo rimase di sasso quando vide la bella faccia di Aldo campeggiare sullo schermo.

Scomparso... genitori disperati... rapito... le parole della Tv si accavallavano. Matteo si voltò verso il saloncino. Cercò Aldo con lo sguardo. Un giro veloce con gli occhi, giusto in tempo per vederlo guizzare fuori, alla velocità di un fulmine. Lo inseguì. Pochi secondi e lo aveva bloccato.

«Così, non torni a casa perché non hai le chiavi, eh!» gli ansimò alle spalle.

«Io non pensavo...»

«Sei un bugiardo fifone!»

«Ma perché t'arrabbi tanto?!»

«Non mi piacciono i contaballe. Non mi

piacciono quelli che mi prendono in giro. Non mi piacciono gli imbroglioni come te!» aveva alzato la voce. «Scappare per amore! Pappamolla!»

«Non è vero. Io non volevo scappare. Solo che ormai stavo fuori di scuola e ho avuto paura di…»

Avrebbe voluto ingoiarsi quella parola: paura. L'aveva appena pronunciata e già sul viso di Matteo s'era andata formando un'espressione di trionfo.

«Paura, appunto».

Lo allontanò da sé con la mano.

«Basta ammetterlo, no?» continuò con un tono conciliante. «Hai avuto paura. Anzi, hai paura, adesso più di prima. È chiaro: baci e coccole, coccole e baci… Troppe smancerie in casa».

«Perché, tu no?»

Aldo era offeso. Si sentiva ingiustamente

preso in giro. Voler bene a qualcuno è segno di stupidità?

«No, io no. Mi fanno schifo le coccole. Baci, bacini e bacetti... Mmmm, mmm, mmmm».

Aveva preso a sbaciucchiarsi il braccio, come fosse il viso di un'innamorata. Insopportabile Matteo.

Aldo gli voltò le spalle. Fece per attraversare la strada, quando si sentì afferrare per le braccia.

«Lasciami stare, cretino!» urlò divincolandosi.

Gli arrivò uno schiaffone. Allora si rese conto che non erano di Matteo quelle mani d'acciaio che lo bloccavano. A pochi passi da lui, Matteo si trovava nella sua situazione. Un ragazzo sui vent'anni lo teneva fermo e lo aveva costretto a sedersi sul muretto. E lui? Lo teneva fermo quel tipo prepotente, visto poco prima al biliardo.

«Adesso ci facciamo una bella chiacchierata, eh pupo?».

Una frenata. Li caricarono su una macchina arrivata sgommando e sparirono nel buio.

Quanto tempo viaggiarono? Per Matteo e Aldo fu comunque lunghissimo.

Matteo cercò di distinguere strade, insegne pubblicitarie, qualcosa che gli facesse riconoscere i luoghi che attraversavano. Ogni tanto un guizzo, una luce al neon, un cartellone lo faceva sperare di essere vicino a casa. Ma no, non era proprio lo stesso lampione della sua via, né la pubblicità vicino al parco. Erano diretti chissà dove e si sentì gelare al pensiero di essere in balìa di quei tre prepotenti.

Aldo si sentiva la gola secca e le gambe molli. Non riusciva a vedere niente. La mole del giovanotto copriva intera la sua visuale.

Loro tre, i ragazzi, non parlavano. Ogni tanto il giocatore di biliardo, che sembrava essere il capo, dava un'indicazione secca all'autista: più veloce, a destra, sempre dritto. Aldo guardava Matteo. Matteo guardava fisso davanti a sé.

«Adesso che succede?» provò a chiedergli con voce strozzata.

Matteo si voltò appena. Tremava. Alzò le spalle e lo fissò, per un attimo solo per un attimo. Fu sufficiente perché Aldo si rendesse conto che ora non era il solo ad avere paura.

Li fecero scendere in uno spiazzo. Né case né automobili parcheggiate.

Nel buio azzurrato della sera si distingueva un grande capannone.

«Sembrano i capannoni della fiera» pensò Aldo.

Guardò con più attenzione. Si vedeva la campagna, qualche casa lontana e in fondo – ma così lontano! – un gruppo di… di cosa?

Sembrava un gigantesco mazzo di fiori. Forme circolari e coniche raggruppate sui tetti. Antenne paraboliche!

«Non siamo così lontani dalla città, allora!»

Non fece in tempo a comunicare la sua scoperta a Matteo.

Uno dei ragazzi – alto, magro, un berretto di lana calcato fin sugli occhi – lo prese per le spalle e lo costrinse a entrare nel capannone.

Matteo era già lì, seduto su uno scatolone, la faccia tra le mani.

«Allora, cucciolotti!» li apostrofò con arro-

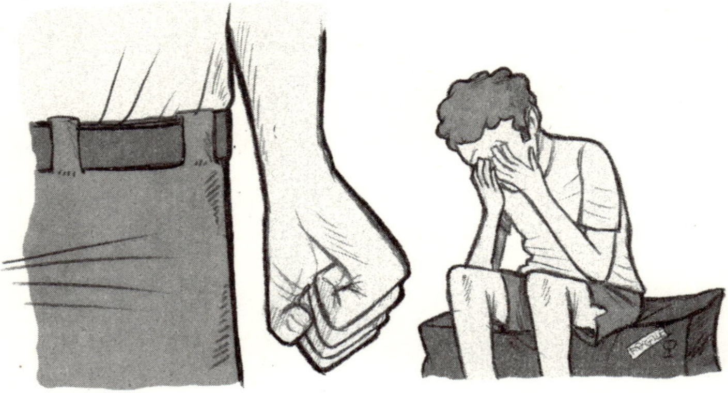

ganza il capo banda. «Raccontateci un po' la vostra storia». E rise, di una risata sguaiata che colpì Aldo come uno schiaffo.

«Che storia?».

La voce di Matteo uscì soffocata, tremante, offuscata dalla paura.

«Che fai il finto tonto!». Mani di Ferro (sì, era il nome adatto per il capobanda) s'era alzato di scatto. Si avvicinò minaccioso al bambino, che istintivamente si coprì la faccia, aspettandosi di essere colpito.

«La televisione, la televisione, bello mio!» cantilenò Mani di Ferro. E gli diede un pizzicotto sulla guancia, mentre Berretto di Lana e Silenzioso ridacchiavano divertiti.

«Iononc'entronienteètuttacolpasualasciatemistarevoglio andareacasa!» strillò tutto d'un fiato Matteo, evitando di guardare Aldo.

«Bell'amico sul serio!» commentò Mani di Ferro. «E tu pure non c'entri, pupo bello?!»

Aldo era rimasto senza parole. Matteo, il ragazzino che non aveva paura di niente, piagnucolava ed era pronto ad accusarlo di chissà che cosa! Rimase zitto.

«Insomma, siete scappati da casa!» insistette Berretto di Lana, fumando una sigaretta. Gli buttò il fumo negli occhi.

«Lui è scappato di casa. Io no!»

Di nuovo Matteo con la paura nella voce.

«Lui...». Mani di Ferro si sistemò meglio davanti a Aldo. Accese una sigaretta. «Ti chiami?»

«Aldo! Si chiama Aldo» rispose per lui Matteo.

«Sttt» gli fece Silenzioso e gli tappò la bocca.

«Aldo...». Mani di Ferro sembrò soppesare il suo nome.

«Mamma e papà sono taaanto preoccupati!» aggiunse con tono canzonatorio. «Chissà che pagherebbero per sapere dove stai, per riaverti a casa!»

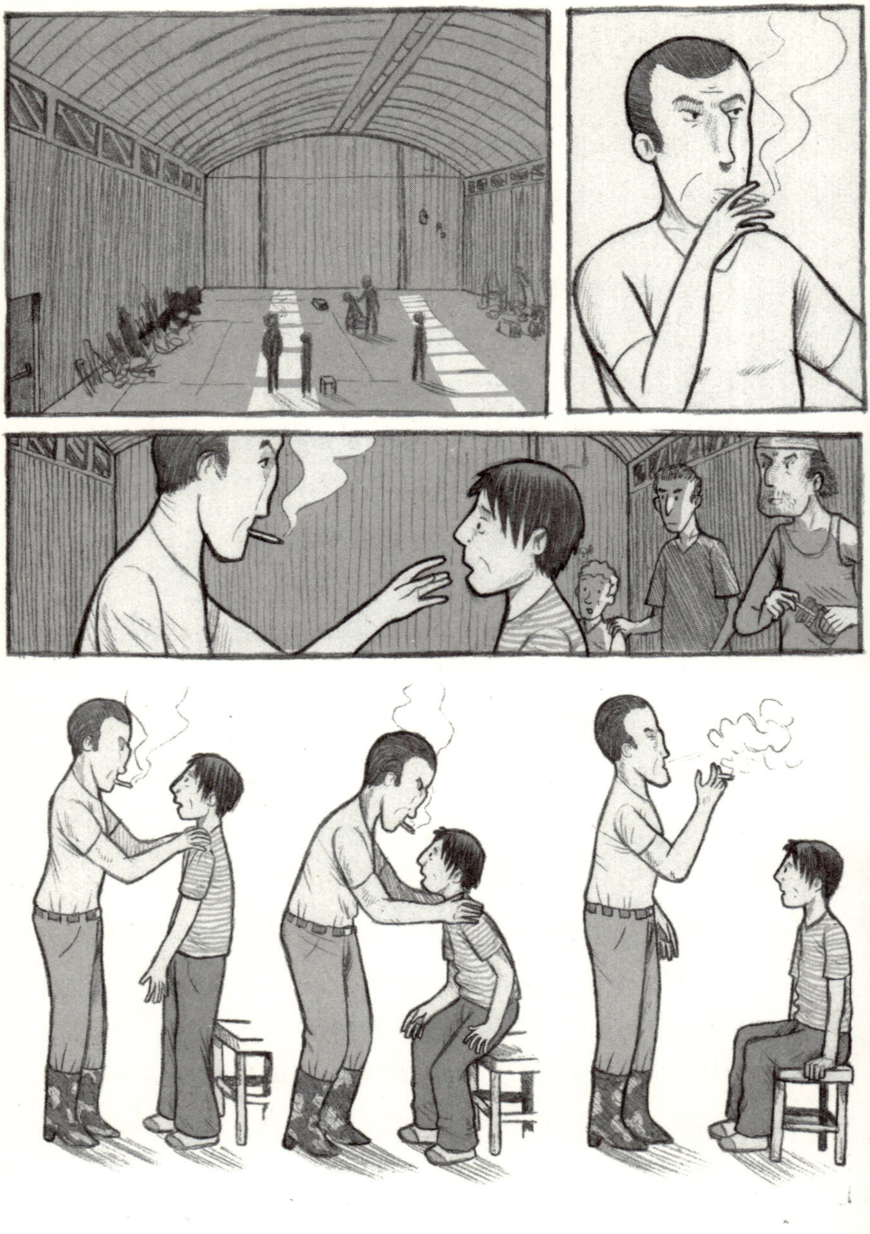

Cap. 5

UN BUIO FITTO FITTO

Nome, cognome, indirizzo e numero di telefono. Questo aveva voluto sapere Mani di Ferro. Aldo avrebbe voluto resistere alla sua prepotenza ma non ce la fece.

Si accoccolò in un angolo del capannone.

La voce, lo sguardo, la forza fisica di Mani di Ferro lo terrorizzavano.

Evitò di guardare Matteo. Non gli interessava. Si sentiva ferito, abbandonato, rabbioso per quello che l'amico aveva tentato di fare.

«Già, scemo io. Chiamo amico uno che conosco da poche ore. E mi sembrava coraggioso e leale!»

Matteo aveva avvertito la sua ostilità? Forse no, ma appena Aldo ebbe finito di pensare "leale", Matteo alzò la testa, lo guardò e disse:

«So quello che pensi!».

«Non penso niente». E gli voltò le spalle.

«Sì, invece. Pensi che sono un vigliacco. Ma questi li conosco. Non scherzano. Sono pericolosi».

«Per questo volevi lasciarmi da solo, eh?!»

«Ma no, scemo! Io volevo che mi lasciassero andare per salvarti. Sarei andato dai poliziotti e li avrei portati qui!»

«Perché, tu sai dove ci troviamo?».

Aldo sembrò riacquistare un po' di speranza.

«Be', non proprio. Però...»

«Già, però... intanto tu saresti stato in salvo! Lasciami perdere. Non ti voglio più sentire!»

Matteo non aggiunse niente e tornò nel suo angolo.

Il buio del capannone non era fitto fitto.

Aldo si stava abituando a quel nero come la pece e gli sembrò di distinguere strane forme nell'oscurità. Statue? Mobili? Ali d'aereo?

Le voci di Mani di Ferro e soci risuonavano come ovattate. Di sicuro erano dall'altra parte del capannone.

Ma che volevano da lui?

Di Matteo non sapeva niente, ma era certo che a casa sua non ci fossero tanti soldi.

«Ma anche a casa mia è così! Papà dice sempre "I soldi non bastano mai"».

Fuori la luna illuminava la campagna e i suoi raggi filtravano attraverso i vetri del capannone. La luce obliqua e soffusa illuminò l'interno. Aldo distinse bene, ora, le sagome e le forme di statue antiche, del mobilio.

C'erano quadri e candelabri. Un gigantesco specchio era rovesciato e appoggiato alla parete. Ma cos'era? Un museo?

Guardò meglio. Camminando carponi, si avvicinò ad una delle statue che svettavano sulle altre. In effetti, c'era tanta ma tanta roba, tutta accatastata e impolverata.

Un magazzino!

Toccò il busto di un antico romano,

appoggiato accanto a un candeliere. Provò a sollevarlo e rimase stupefatto: era leggerissimo!

Grattò la nuca del condottiero che si sbriciolò in una miriade di pallini bianchi. Era polistirolo!

Ma qui è tutto finto! Si avvicinò al candeliere e lo impugnò. Una piuma!

Provò a sollevare uno spadone appoggiato a una scatola. Pesava quanto una riga da disegno!

Continuò per un po' la sua esplorazione, facendo attenzione a non far rumore.

Arrivò a tentoni vicino a uno strano macchinario, alto almeno due metri.

Questo non era leggero!

Gli ricordava qualcosa di già visto, quell'arnese. Ma che poteva essere? Lo guardò meglio, lo esplorò con le dita e… Un riflettore per il cinema!

Ne aveva visto uno identico, un giorno che erano venuti a girare un film proprio vicino a casa sua.

C'era il regista, c'erano gli attori ma anche

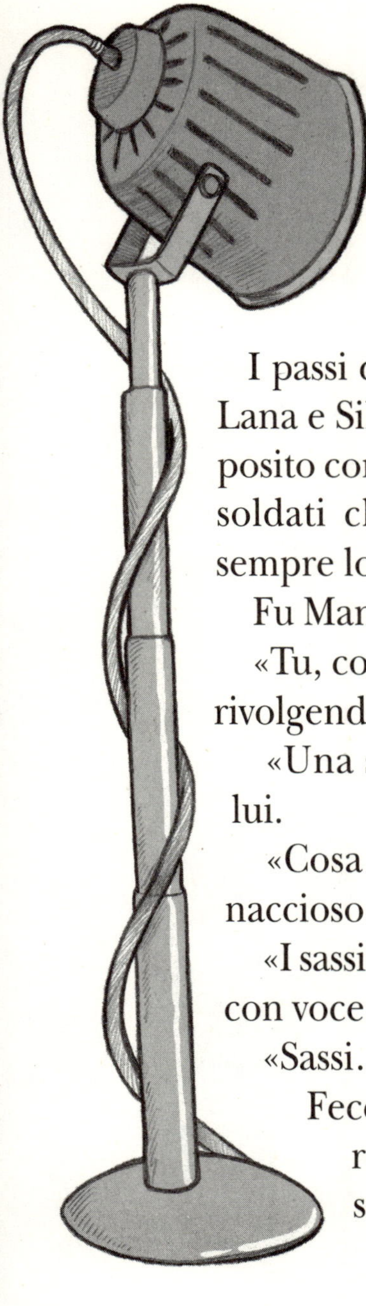

un grande camion pieno zeppo di riflettori.

Ecco dov'erano finiti. In un capannone per fare il cinema.

I passi di Mani di Ferro, Berretto di Lana e Silenzioso risuonarono nel deposito come fossero uno squadrone di soldati che avanzava. Invece, erano sempre loro tre.

Fu Mani di Ferro a parlare.

«Tu, cosa tieni sotto il letto?» chiese rivolgendosi a Aldo.

«Una scatola di cartone» balbetto lui.

«Cosa c'è dentro?» lo incalzò minaccioso.

«I sassi, la collezione di sassi» rispose con voce soffocata il bambino.

«Sassi…».

Fece un cenno con la testa a Berretto di Lana. Quello si voltò e scomparve nel buio.

«I tuoi genitori sono diffidenti, vogliono sapere se ti trattiamo bene. Fanno domande strane, per vedere se sei proprio tu quello che abbiamo».

«Quando mi rimandate a casa?» chiese dal buio la voce lamentosa di Matteo.

«Vuoi tornare a casa, povero galletto?» lo canzonò Mani di Ferro.

Sorrise beffardo e si allontanò.

Rimase Silenzioso insieme a loro.

Ogni tanto un fascio di luce illuminava le pareti del capannone.

«Fanali di automobili» pensò Aldo. «C'è una strada qui vicino! Se solo riuscissi a scappare...».

Silenzioso aveva appoggiato le spalle alla parete di metallo e non li guardava.

Aldo si acquattò e si avvicinò a uno dei grandi finestroni. Alto, troppo alto per lui.

E poi come aprirlo?

Ebbe un brivido di freddo. Una corrente d'aria, sottile e umida, penetrava da qualche parte. Cercò di localizzare il punto a tentoni.

Tastando la parete, avvertì sotto le dita una superficie ruvida e il soffio dell'aria che entrava. Tastò ancora. Una maniglia! Lì, proprio lì c'era uno sportello a molla, una porticina laterale. La via d'uscita!

Si voltò e fece per chiamare Matteo. Il ragazzino, però, era troppo distante da lui. Avrebbe dovuto alzare la voce e Silenzioso lo avrebbe sentito.

Il cuore gli batteva all'impazzata.

Guardò Silenzioso. Continuava a fumare a occhi chiusi. Di Mani di Ferro e Berretto di Lana nessuna traccia.

Si decise.

Un cigolìo e uscì fuori.

Cap. 6

NOTTE D'ATTESA

Sara era rimasta alzata.

Chiusa in camera sua, telecomando in mano, cercava di scovare notizie su Aldo anche dalle Tv locali.

Ma niente, proprio niente di nuovo.

I telegiornali mandavano in onda la foto di Aldo, l'appello dei genitori, i commenti dei professori. Perfino Tommaso era stato intervistato. Piangeva, l'ipocrita, dicendo che Aldo era il suo migliore amico e che sicuramente gli era accaduto qualcosa.

«Invece, non gli è successo proprio niente. Quello è scappato da scuola per la vergogna e poi s'è perso. Magari adesso starà seduto su una panchina del parco, aspettando che qualcuno lo riporti a casa. Altro che rapito. Ma come gli viene in mente!»

Aveva borbottato tra sé e sé la sua interpretazione dei fatti, rigirando tra le mani i brandelli del biglietto di Aldo. Da quando lui era fuggito, non riusciva a staccarsene.

«Chissà che c'era scritto! Oro... cuore... sempre. Boh!»

Non l'avrebbe mai ammesso, ma quella scena della mattina, lo sguardo di Aldo, quel messaggio a metà ... insomma, l'avevano un po' scombussolata. Durante tutto il giorno aveva lottato per non pensare a quel bambino timido che le scriveva biglietti d'amore.

«Mi ami... tu...». Ritornavano quelle parole come un indovinello.

«Dove si sarà cacciato quello scemo! Neanche la soddisfazione di chiedergli cosa aveva scritto. Eh, ma quando torna mi dovrà sentire, lui e l'amore! Incapace. Sta mettendo in subbuglio tutta la città. Ma chi se lo rapisce quello!»

La sigla del TG della notte. Alzò il volume, ma non tanto; i genitori dormivano nell'altra stanza.

«Un altro bambino rapito a Roma? Poco fa è stata denunciata la scomparsa di Matteo Filippini, 14 anni; lo vedete nella foto».

Sara guardò con attenzione. Mai visto.

«Di lui si perdono le tracce dal tardo pomeriggio di oggi. È stato visto l'ultima volta in una sala di videogame, nella zona di Torre Spaccata».

Proprio vicino casa sua! L'attenzione di Sara crebbe.

«Nella stessa zona si sono perse le tracce di Aldo Perilli, 11 anni. Fuggito di scuola oggi, intorno alle 13, non è stato ancora rintracciato. La polizia non esclude che vi sia una relazione tra le due sparizioni. Indagini serrate».

Che intendevano dire? Aldo s'era messo d'accordo con quel Matteo per andarsene via? No, non poteva essere.

Sara avvertì uno strano rimescolio allo stomaco. Non aveva voglia di dormire. Spense la Tv e arraffò un giornale a fumetti.

"La fine del mondo" era il titolo. Nella prima scena si vedeva un luogo appena rischiarato dalla luna piena. Erbe, sterpaglie,

macchinari in disuso. Due figure curve camminavano sulla strada. Erano inquadrate di spalle. Un'ombra le seguiva, minacciosa e inquietante. Se ne vedeva il profilo aquilino.

Poi, l'ombra diventava repentinamente una grande bocca: la grande bocca della notte. Raggiungeva silenziosa i due con le spalle curve (due vecchi), li assaliva e li sgranocchiava (Sì, proprio come fossero polli arrosto). La didascalia diceva "Questa notte il mondo è un po' più giovane".

Rabbrividì.

Strano.

Amava i fumetti e le storie paurose.

Il suo più grande divertimento era proprio questo: vivere terrificanti avventure, piene di mostri, fantasmi e malefici. La mettevano di buon umore.

Ma stavolta no.

Gettò il giornalino a terra, fece un gran sospiro, si alzò dal letto e si affacciò alla finestra. La notte era rischiarata da centinaia di stelle. La città sembrava un grande tappeto di luci.

Silenzio.

Fasci di luce azzurra intermittente illuminavano le roulotte del campo nomadi, lì vicino.

Luce azzurra intermittente...

La Polizia!

Capitava che facessero del controlli, ogni tanto.

I poliziotti arrivavano la mattina prestissimo o la sera tardissimo. Controllavano i documenti, rovistavano tra le cose accatastate (infissi rotti, cassette di legno, tende, pentole, televisori sfondati...) e poi se ne andavano.

Sara osservava spesso i nomadi. Da casa sua, all'ottavo piano, era come se stesse su una torre di controllo: vedeva quello che accadeva nel campo e lì intorno.

Poco più in là c'erano gli stabilimenti cinematografici: Cinecittà.

Un elefante finto, a grandezza naturale, che le piaceva guardare, campeggiava al centro del prato. Dumbo, lo aveva battezzato.

Dietro Dumbo si intravedeva la facciata di una chiesa e i resti di un castello. Finti ovviamente.

Da tanto tempo sperava di riuscire a vedere la lavorazione di un film.

Mario, un amico suo, le aveva detto che durante l'estate ci sarebbe stato Dario Argento, quello dei film horror… Smise di fantasticare.

Tornò a osservare la scena che avveniva nel campo nomadi. C'erano tantissime automobili e un mucchio di poliziotti armati.

Avevano fatto uscire tutti, adulti e bambini, dalle roulotte. Un gruppo di poliziotti perquisiva l'interno, mentre gli altri schiaffavano sulle facce dei nomadi la luce delle torce. Controllavano i bambini, soprattutto. Uno a uno, più di una volta.

«Vuoi vedere che cercano Aldo e quell'altro? Mamma me lo dice sempre di fare attenzione perché gli zingari si prendono i bambini. E papà dice che sono pericolosi e se ne

dovrebbero andare. Magari, Aldo si è fidato, oppure l'hanno drogato per venderselo».

Piantò gli occhi sulla scena che avveniva nel piazzale.

Le perquisizioni durarono ancora un po'.

Vide la gente ferma, in fila, come quando si aspetta di entrare a mensa.

Le donne con larghe gonne e fazzoletti intorno ai capelli.

Gli uomini con la sigaretta accesa e le mani in tasca. I bambini tutti insieme, in silenzio.

Poi, i poliziotti risalirono in macchina.

Si sentì uno sbattere simultaneo di sportelli, un sibilante sgommare delle ruote.

La polizia sparì in una nuvola di polvere.

Il campo nomadi rimase al buio.

113

Cap. 7

UN BELL'IMPICCIO

Aldo si stupì di essere uscito di lì con tanta facilità.

«Magari sto dentro un altro capannone e non me ne sono accorto».

Si guardò intorno. Di fronte a sé aveva un grande viale alberato. Pini e oleandri profumavano l'aria. C'era un gran silenzio. Lame di luce illuminavano il cielo. La tangenziale!

Intravide un muro, non troppo alto. E neppure distante. Con un po' di fortuna e una corsa da campione lo avrebbe raggiunto.

«Già, ma come lo scavalco? Ci vorrebbe una scala, delle cassette di legno, insomma qualcosa». Rimpianse di non essere alto come Matteo.

Il pensiero di lui, rinchiuso nel capannone, piangente e solo, lo fece star male.

«Brutta carogna. Il grand'uomo piagnucoloso. Che me ne importa, poi?! Io scappo e lo lascio lì, come avrebbe fatto lui».

Le borbottò queste parole, ma non le pensava. Continuava a vedersi davanti l'espressione indifesa di Matteo, la sua paura di fronte al grugno impenetrabile di Silenzioso, il suo tremito incontrollabile quando Mani di Ferro era stato sul punto di colpirlo.

Aldo sapeva che non sarebbe riuscito ad andarsene via senza di lui.

La paura non lo aveva mai abbandonato. Se ne stava annidata nella sua testa, fredda come un ghiacciolo. Gli gelava la nuca e gli faceva sudare le mani. Gli sussurrava nelle orecchie, continuamente e inesorabilmente "Scappa scappa fuggi fuggi".

Ma la teneva a bada.

Fu una grande scoperta per Aldo. Il panico non gli bloccava il cervello! Anzi, da quando quei tre gorilla lo avevano preso a tradimento, lui non aveva fatto altro che osservarne i comportamenti, tenere d'occhio il loro umore, annotare mentalmente luoghi e dettagli, organizzare una possibilità di fuga.

"Sono proprio io che sto facendo questo. Non ho paura!"

Il pensiero gli sembrò un po' azzardato.

"Be', sì ho paura, però so che posso farcela!"

E gli venne voglia di cantare.

Gli uscì dalla gola un grido simile a quello degli uccelli notturni. Un "iiiiliiihhhiiiiiiiiiii" di euforia che sembrò confondersi tra i pini del viale.

A lui parve forte come una sirena della polizia.

«Che rumore è?». La voce di Mani di Ferro.

«Mmrrf» gli grugnì per tutta risposta Berretto di Lana.

Come aveva fatto a non accorgersi che i due erano lì, a pochi passi da lui, seduti su una panchina?

«Sembrava una civetta, oppure un gufo» aggiunse Mani di Ferro. Si accese una sigaretta.

Aldo si nascose dietro un cespuglio. Il profumo intenso dei fiori gli penetrò nel naso come una saetta. Gli venne da starnutire. Si tappò il naso, appena in tempo.

«Non possiamo tenerli qui. Alle sei del mattino qui è già un gran mercato. Si aprono i teatri di posa. Scultori e scenografi cominciano a lavorare alle sette. Alle otto arrivano gli impiegati. Non possiamo rischiare». Ancora Mani di Ferro.

«Ma chi vuoi che venga qui? Questo è un magazzino dove non ci mette il naso nessuno» cercò di tranquillizzarlo Berretto di Lana.

Le sue parole ottennero l'effetto contrario.

«Ma sei proprio scemo!» Mani di Ferro lo aveva afferrato per le spalle e lo scuoteva. «Mica sono pacchi da nascondere; sono bambini! E bambini si muovono, parlano, hanno fame, chiedono di pisciare… Imbecille, mi sono messo con un imbecille!»

Mollò la presa.

«Dobbiamo farli sparire» continuò. Berretto di Lana non ebbe il coraggio di fare commenti.

«Mi capisci? S-p-a-r-i-r-e!!!»

Non aspettò il cenno di assenso del suo compare.

«Prima che faccia giorno li spostiamo. Li mettiamo dentro i gabinetti mobili, quelli che stanno dopo l'attrezzeria. Oggi non hanno riprese. Nessuno lì sentirà».

Ma come era sicuro di sé, quel Mani di Ferro!

«Alle 8 ritelefoniamo ai genitori… e gli mettiamo paura. Sai, qualche strilletto, qualche mugolìo».

«E chi li fa, i ragazzini?»

Berretto di Lana sembrava preoccupato.

«No, ma che ragazzini… Guarda qui!»

Gli mostrò una cassetta.

«Questa l'ho presa allo studio di registrazione, quello degli effetti sonori. Senti qua».

Mise la cassetta in un registratore portatile e il silenzio venne immediatamente invaso da cigolii, urla raccapriccianti, grugniti, ringhi, singhiozzi.

Mani di Ferro scoppiò a ridere.

«Forte, eh?! Ma che è 'sta faccia? Sembri uno zombi!»

Berretto di Lana non aveva apprezzato quella colonna sonora. Era bianco come un cencio e tremava un po'.

«No, è che...» balbettò. «Tutto 'sto buio, i ragazzini. Io ...»

Aldo provava la stessa fifa.

I pochi secondi di urli, urletti e cigolii gli erano sembrati interminabili. Stava rannicchiato dietro all'oleandro e non si azzardava a muoversi. Le gambe si stavano intorpidendo. Non sapeva per quanto tempo avrebbe resistito così accoccolato. Aveva freddo. Ogni fibra del suo corpo desiderava stendersi, riposarsi, stare al caldo.

«Se mi alzo adesso, quelli mi sentono. Tutte queste foglie fanno un rumore del diavolo appena le sfiori».

«Ti ci vuole un po' di attività fisica» stava dicendo Mani di Ferro. «Prendi la pala e vedi di scavare una bella buca, dietro i gabinetti. Profonda, mi raccomando. Almeno due metri per due».

«E perché?» provò a domandare Berretto di Lana.

«Perché ci buttiamo dentro i ragazzini» gli ringhiò in faccia Mani di Ferro.

«Come sarebbe, ci butti dentro i ragazzini?!»

«Niente paura. Non gli faccio niente ai pupi. Solo che li mettiamo in scatola, per un po'. Con l'acqua, i panini e pure il vasetto per la cacca. Però, devono stare là sotto, così non c'è pericolo che scappano. Capito James Bond?»

Mani di Ferro diede un pizzicotto sulla guancia di Berretto di Lana, così forte che quello si piegò sulle gambe e diede un gemito. Mani di Ferro lo lasciò andare.

«Comincia a scavare, che adesso ti mando quell'altro bel tipo a darti una mano».

Berretto di Lana si allontanò stropicciandosi la guancia. Non sembrava convinto. Per niente.

Mani di ferro si voltò e si diresse verso il capannone.

Quasi via libera! Aldo era pronto ad alzarsi e scappare senza farsi sentire.

Scappare dove? Per ora non lo sapeva. L'unico suo desiderio era alzarsi in piedi e dare un po' di sollievo alla sua schiena dolorante.

Berretto di Lana era già abbastanza lontano.

Mani di Ferro era sul punto di entrare nel capannone.

«Ora, è il momento!» pensò Aldo.

Si sollevò e si sporse un po' dal cespuglio. Di fronte a lui c'era un edificio basso, con una porta a vetri semichiusa. Un primo nascondiglio. Ma non poteva bastare. Il tempo di entrare nel capannone e si sarebbero accorti che lui non c'era.

Non si rese conto che Mani di Ferro aveva avuto un attimo di esitazione prima di entrare.

Quella montagna di muscoli aveva borbottato: «La lampada! Senza la lampada come fa a scavare!».

E si era voltato, per richiamare indietro Berretto di Lana.

Aldo rimase di pietra. Mani di Ferro anche.

Occhi negli occhi, passò tra loro una corrente magnetica fortissima. Aldo si sentì trapassato dall'ira mista a stupore di Mani di Ferro.

«Scappa scappa scappa!» continuava a gridargli la voce di dentro.

Non ci riusciva. Gambe e braccia di piombo. Gli occhi velati dalla paura.

Fu il grido strozzato di Mani di Ferro a scuoterlo da quell'inerzia.

«Brutto figlio di...»

Si slanciò verso di lui.

Il ragazzino fu più svelto. Guizzò come una lepre attraverso le sue gambe e si infilò nell'edificio di fronte.

Corse, corse attraverso le stanze buie.

Trovò una scaletta a chiocciola.

Arrivò in cima e si accoccolò sulla piccola piattaforma.

«Calmo, devo stare calmo» si ripeté.

Riprese un po' di fiato.

Fuori si sentivano le voci concitate dei tre.

Non poteva rimanere lì, lo avrebbero scovato subito.

«Chissà perché quando uno cerca una via di salvezza va sempre verso l'alto?» si domandò. Guardò giù.

La scaletta terminava in corrispondenza di una porticina. "Uscita di sicurezza", c'era scritto a grandi lettere rosse.

Sentì uno scalpiccìo provenire dal corridoio.

Non ebbe più esitazioni.

Fu di nuovo fuori, nel buio.

Cap. 8

INCANTI E TRUCCHI

Il cigolìo dello sportello aveva risvegliato Matteo dal suo torpore. Capì subito che Aldo era fuggito.

«Traditore!» sibilò tra i denti.

Guardò Silenzioso. Seduto su una cassetta di legno, le spalle appoggiate alla lamiera del capannone, dormiva di un sonno quieto, interrotto ogni tanto da qualche ronfatina.

"Sembra un cane" pensò Matteo. "E allora non svegliamo il can che dorme" disse fra sé.

Si alzò lentamente dal suo angolo e si avvicinò allo sportello da dove era fuggito Aldo. Non fece rumore. Camminava come un acrobata sul filo. Attento, circospetto, leggero.

«E così il piccoletto se l'è data a gambe e mi ha lasciato qui. Vigliacco! Questa me la paga!»

Cosa doveva fare? La possibilità di fuga era

lì, a portata di mano ma non si decideva. Mille pensieri gli attraversavano la mente.

Così quel ragazzino lo aveva imbrogliato. Tanti discorsi sulla lealtà e poi... Lasciarlo lì, in mano a tre criminali! Ognuno per sé, questo aveva pensato Aldo. E forse aveva ragione. Anche lui avrebbe pensato solo a se stesso. Era giusto.

«Certo, una bella lezione ci vorrebbe. Quasi quasi sveglio questo scemo che non fa altro che dormire. Gli dico che Aldo è scappato. Così impara, quel traditore. Sarò io a svignarmela. Lo riprenderanno e me no, me non mi trovano più. Un salto e sono fuori!»

Si vergognò di quello che aveva pensato, ma non aveva potuto farne a meno. Era impaurito, arrabbiato con Aldo, con se stesso, con il mondo.

Non sapeva cosa fare. Davvero, non sapeva cosa fare!

Allungò la mano verso lo sportello a molla, tenendo d'occhio Silenzioso.

Bastava così poco, in fondo.

Soltanto un po' di coraggio.

Il tempo di tuffarsi fuori e sarebbe stato libero.

Matteo non si decideva. Sudava. Toccò la maniglia dello sportello. Era fredda. Spinse. Al primo accenno di cigolio si spaventò.

Aveva paura, tanta paura.

Lì fuori era buio.

Cosa avrebbe trovato? E se non fosse riuscito a fuggire?

Lo avrebbero ripreso e Mani di Ferro lo avrebbe picchiato a morte. Ne era capace. Aveva mani d'acciaio e gli occhi cattivi.

Gli venne da piangere. Represse un singhiozzo.

"Aiuto aiuto" pensava. Non riusciva a muoversi. "Chi mi aiuta?"

Rumori appena fuori di lì.

La voce di Mani di Ferro.

Imprecazioni.

Scalpiccìo.

Silenzioso sobbalzò.

«Che è, che c'è?!» chiese con voce impastata di sonno.

«Prendilo, prendilo» urlava Mani di ferro.

Silenzioso si alzò di scatto. Accese la torcia e frugò ogni millimetro.

«Dov'è andato 'sto cretino. Dove stai?... Ma dove s'è ficcato».

Matteo non riusciva a muoversi.

Altri passi e altre voci, all'esterno.

Il fascio di luce della torcia illuminò lo sportello a molla e... Matteo colpito dalla luce chiuse gli occhi. Silenzioso rimase un attimo senza parole. Poi strillò: «Vieni qua, brutto ragno rosso».

Poi urlando, rivolto verso i compari

«Scappa, scappa!!!».

Matteo rotolò fuori.

Ansimando, si accucciò accanto alle lamiere. Doveva riprendere fiato.

La voce di Mani di ferro: «Ti spacco la testa, hai capito? Te li sei fatti scappare sotto il naso! Uno è là dentro. Forza!».

Entrarono nell'edificio. Arrivò correndo anche Berretto di Lana. Sparirono nel corridoio buio.

Matteo fu un canguro. A grandi balzi superò l'edificio in cui si erano infilati i tre. Correva, correva, senza sapere dove.

Lì sentì vociare. Erano di nuovo fuori. Non poteva farsi vedere.

La luce dei lampioni del viale era fioca, ma sarebbe bastata a tradirlo.

Era senza fiato.

Si infilò in un capannone. Teatro 1, c'era scritto.

Passò un corridoio stretto, pieno di porte e porticine. Ne infilò una a caso. Richiuse la porta alle sue spalle. Per un attimo si sentì al sicuro.

Fu solo un attimo. Nel buio e in quel silenzio innaturale, avvertì un soffio, quasi un respiro. Ansimava, come lui.

«Chi c'è qui?» si domandò rabbrividendo.

«Magari non c'è nessuno. È solo la paura. Ma sì, sono io che respiro e penso a chissà chi».

Provò a trattenere il fiato. Niente.

«Che t'avevo detto» disse a se stesso.

Un fruscìo. Appena percettibile ma c'era stato.

Di nuovo la sensazione di un respiro leggero, accanto a lui, nella stessa stanza.

«Ci sarà pure una luce qui!? Devo trovare l'interruttore. Accendo la luce, vedo che non c'è nessuno e sto tranquillo».

Cercò a tentoni accanto agli stipiti. Il muro era liscio come un guscio d'uovo. Nessuna traccia di interruttori o lampade.

Continuò a cercare, millimetro dopo millimetro. Le sue mani incontrarono qualcosa... Tastò e si sentì gelare il sangue. Pelo morbido sotto le dita. Denti aguzzi gli sfiorarono il braccio.

«Ahhhhhhaaaaaa» il grido gli rimase strozzato in gola.

Luce, finalmente luce. Di fronte a lui il muso raccapricciante di un lupo mannaro. Svenne.

«Matteo, Matteo! Svegliati, per favore! Non abbiamo tempo. Dobbiamo scappare!»

La voce di Aldo.

"Sono morto" pensò Matteo.

Aldo lo scrollò e lui aprì gli occhi.

«Ti vuoi svegliare!»

«Il lupo, il lupo... oh, mamma» gemette Matteo.

«Ero io, Aldo!» gli disse l'amico. «Avevo una gran paura. Non sapevo fossi tu. Così quando ho sentito dei passi nel corridoio mi sono messo addosso una delle maschere che sono qui. Guarda!» e gli mostrò ridendo il ghigno, oramai floscio, che lo aveva terrorizzato.

«Ma va a...»

«Niente parolacce! Tientele per dopo, quando saremo fuori».

Aldo lo aiutò a rimettersi in piedi.

Matteo era perplesso. Quando lo aveva conosciuto (quando? Soltanto poche ore fa) gli era sembrato un tipo indeciso, pauroso. E adesso dava ordini, lo rincuorava.

«Ma chi ti credi di essere?» avrebbe voluto dirgli. Non lo fece. Aldo gli ispirava fiducia.

«Che pensi di fare?» chiese.

«Non so bene. Non so neppure in che punto di Cinecittà siamo capitati. Forse vicino a casa, forse no. L'importante, per ora, è non farci acchiappare».

«Giusto» concordò Matteo. Ma come?

Non ebbero il tempo di decidere. Un rumore di passi concitati.

"Benedetti stivali di cuoio!" pensò Aldo.

I tre compari avevano stivali da cow boy ai piedi. Ogni loro passo risuonava sull'asfalto con la eco di un esercito.

Era facile sentirli arrivare, anche se fossero stati silenziosi come tombe.

Prima di spegnere la luce della stanza, Aldo si guardò intorno, rovistò sul tavolo dei trucchi. Arraffò la maschera del lupo mannaro e la calcò bene sulla testa di Matteo. Poi, si ficcò in tasca un bel numero di tubetti e boccettine.

Sbirciò le etichette: mastice istantaneo, sangue liquido.

"Forse ci saranno utili" pensò.

I passi si avvicinavano. Uscirono dalla stanza. Aldo fu subito dietro l'entrata del teatro di posa. Cosparse di mastice il pavimento.

«Via» sussurrò all'amico.

Imboccarono di nuovo il corridoio. Si infilarono in una porticina. Sul lato destro una luce fioca illuminava la parete.

"CINECITTÀ. Teatro di posa 1. Quadro luci" recitava la targa.

Matteo guardò con attenzione le etichette che corrispondevano a ogni tasto.

«Se riuscissimo a fare un po' di luce, forse potremmo vedere dov'è l'uscita».

«Buona idea. Ma fa presto. Arrivano. Il mastice non li fermerà per molto».

Il cigolìo della porta di entrata.

"Arrivano!" pensò sfiduciato Aldo.

Matteo continuava a guardare gli interruttori, senza decidersi.

Scalpiccìo, imprecazioni, rumori di corpi caduti.

«Sta' attento imbecille!»

La voce di Mani di Ferro.

«Ma che è 'sto schifo?» si lamentò Berretto di Lana.

«Ahio, ahio». Era Silenzioso?

«Non riesco a muovermi!»

Di nuovo Mani di Ferro.

«Gli stivali, gli stivali».

«I pantaloni! Sono attaccati al pavimento».

«Resta in mutande!»

Il mastice aveva fatto il suo dovere. Aldo provò a immaginare la scena.

Quei tre aggrovigliati per terra, appiccicati al pavimento, incollati l'uno all'altro, Silenzioso in mutande e Berretto di Lana senza scarpe.

«Spero che Mani di Ferro sia rimasto incollato lì».

Ma no, purtroppo no. Sporchi, appiccicosi e più arrabbiati che mai, i tre si stavano pericolosamente avvicinando.

«Eccolo!» Matteo,trionfante, spinse un interruttore rosso.

Davanti ai loro occhi si aprì uno scenario incredibile.

Il teatro era gigantesco. Un cielo blu pieno di stelle faceva da sfondo a una gigantesca nave grigio perla. Il mare, sotto, era una distesa di plastica e carta.

Sembrava di navigare sull'Oceano.

La nave era grandiosa. Gli oblò illuminati, lo sciabordìo dell'acqua intorno.

Il mare si muoveva lentamente, come se quel gigante dormisse e l'acqua ne volesse cullare il sonno.

Matteo e Aldo, incantati, dimenticarono la paura, dimenticarono Mani di Ferro, dimenticarono tutto.

Almeno finché il borbottìo di Silenzioso e l'arrancare aggressivo di Mani di ferro non li riportarono alla realtà.

I tre si avvicinavano. Erano in trappola?

Aldo e Matteo presero a correre. Dov'era l'uscita? Incantati da quella visione, non avevano avuto il tempo di guardare. Si slanciarono tutti e due verso la grande nave. Mani di Ferro gli era dietro.

"Ma come fa ad essere così veloce?" pensava Aldo, arrancando.

Matteo lo precedeva.

Si ritrovarono in un angolo del teatro. Nessuna uscita visibile.

«Miseriaccia!» imprecò Matteo.

Non avevano scampo. Mani di Ferro si avvicinò. Dietro di lui, Silenzioso gli faceva da spalla. Berretto di Lana non si vedeva.

«Che faccio, che faccio, che faccio?» si chiese disperato Aldo.

Mani di Ferro sempre più vicino.

L'uscita doveva essere dall'altro lato.

Sarebbe bastato distrarli un attimo, giusto il tempo di correre come saette verso l'uscita.

Distrarli...

Lo sguardo colse l'etichetta di una strana macchina a leva, poggiata in un angolo.

Sembrava dicesse "Tirami".

Per avere seguito certi inviti – tipo "mangiami e bevimi" – Alice aveva avuto un sacco di guai nel paese delle meraviglie.

«Ma questo non è il paese delle meraviglie. E poi, più guai di così!»

Aldo tirò la leva.

Un vento, una bufera, un tifone.

Un volume indescrivibile di fumo bianco travolse Mani di Ferro e Silenzioso. Li avvolse in una nuvola fitta e li fece sparire.

Aldo e Matteo corsero a perdifiato verso l'altro lato del teatro di posa. Si slanciarono verso quella che sembrava una porta. Non lo era.

Possibile che anche le porte fossero finte?

Aldo cercava l'uscita e continuava a pensare: "Non c'è Berretto di Lana, non c'è Berretto di Lana...".

Se lo trovarono davanti, all'improvviso. Gli sbarrava il passo. Dietro di lui, Matteo intravide la scritta "Uscita".

Aldo strinse nel pugno uno dei tubetti. Lo

tirò fuori dalla tasca dei pantaloni. Lo impugnò come una pistola.

«Ehi, ragazzini...» ebbe appena il tempo di dire Berretto di Lana.

«Psssssttt». Un getto rosso sangue lo accecò. L'uomo si piegò e si portò le mani agli occhi.

«Brucia, brucia» lo sentirono lamentarsi, mentre fuggivano via.

Il viale non era illuminato. Corsero alla cieca.

Matteo avanti e Aldo dietro di lui, verso il muro di cinta.

Gli facevano da guida i fasci di luce dei fari delle automobili e uno strano bagliore, come fosse un falò.

«Corri corri più che puoi» incitò Matteo.

Aldo aveva il fiato corto.

Sentiva soltanto il battere del suo cuore.

Lontani – ma quanto? – i passi di corsa dei tre compari.

Raggiunsero il muro. Ma come scavalcarlo? Era liscio come seta. Non ce l'avrebbero mai fatta.

Aldo si accasciò, spalle al muro. Matteo piangeva accanto a lui.

Sentirono un rumore di passi sull'erba.

"È fatta!" pensò Matteo. Chiuse gli occhi.

Si sentì sollevare da due braccia robuste.

Una voce lo incitò: «Forza, aiutati con le braccia e sei fuori! Forzaaa!».

Lo lanciò, letteralmente, lo lanciò oltre il muro.

Ma quella era la voce di Berretto di Lana! Come era possibile?

Atterrò sull'erba soffice del prato. E Aldo? Arrivò anche lui.

«Sparite adesso». Era proprio lui, Berretto di Lana.

Si affacciò dal bordo del muro e gli fece segno di scappare. Poi scomparve.

Aldo si sentì in colpa per avergli spruzzato il sangue sintetico sugli occhi. Ma come faceva a sapere che li voleva salvare?

Si alzarono da terra.

Doloranti ma euforici cercarono di trovare una strada per tornare a casa.

Cap. 9

DOLCE AMARA

Sara non dormiva.

Aveva tanti pensieri per la testa. Si alzò e sedette alla scrivania. Si mise a sfogliare una rivista con le foto dei ragazzi di "The O.C.". Non perdeva un episodio di quella serie!

La luce della lampada rimbalzava sulla carta lucida del ritratto di Ryan. Del bel ragazzo della televisione, si vedeva soltanto metà della faccia. L'altra metà era cancellata dal bagliore della luce. Sara cercò di immaginare come avrebbe disegnato l'altra parte del viso.

«E se avesse due volti? Uno bello, delicato e sognante e l'altro buio come la notte, pericoloso e cattivo?»

Certe volte si sentiva anche lei così: dolce e delicata; amara e cattiva.

Si guardò allo specchio. Prima un profilo,

poi l'altro. Non notò segni di particolare cattiveria. Però... Susanna, una volta che avevano litigato, le aveva strillato: "Sei cattiva, cattiva. Hai il cuore nero. Nessuno ti vorrà bene! Il diavolo ti si porterà via!".

Non l'aveva detto a nessuno, ma le parole di Susanna l'avevano preoccupata. Per tutta quella notte era rimasta con gli occhi aperti, temendo l'arrivo del malefico Lucifero. Anche stanotte non riusciva a dormire, ma Lucifero non c'entrava.

Tornò a guardare la foto di Ryan. Su una pagina della rivista, un richiamo invitava: "Scrivete ai ragazzi di 'The O.C.'. La lettera più bella verrà premiata, con una serie di videocassette e un messaggio (con autografo) dei vostri beniamini".

Sara prese la penna, un foglio di carta a quadretti e cominciò:

«Mi chiamo Sara. A scuola mi chiamano "la spinosa", un po' perché ho i capelli lunghi e lisci come spinaci, un po' per il mio carattere. Anzi, so-

prattutto per il mio carattere. Reagisco male con quelli che mi trattano da bimbetta.

Ho tanti pensieri nella mente, tante domande che vorrei fare, ma nessuno mi prende sul serio. Mio padre, per esempio, mi dice sempre: "Non cominciare così presto a porti dei problemi!".

Vorrei tanto avere qualcuno con cui parlare, ma non ho tanti amici. I miei compagni di scuola sì, sono amici miei, ma con loro gioco e non parlo tanto.

Certe volte vorrei essere grande per sentirmi sicura e fare quello che mi pare. Certe volte no.

Vorrei un amico, uno vero.

Tu vorresti essere mio amico?

Firmò: Sara, con l'inchiostro rosso e uno svolazzo decorativo. Prese una busta rosa, con piccoli fiori gialli stampati, soffici come la mimosa. Mise il foglio nella busta, la chiuse ben bene. Scrisse, in un bel corsivo,

Messaggio per Aldo

Aldo e Matteo si muovevano nel buio che andava facendosi azzurrato.

Il prato su cui camminavano era abbastanza spelacchiato e sporco. Ma non dovevano essere troppo distanti dai primi palazzi. Si vedevano i lampioni e le sagome scure degli edifici.

Aldo cercò di orientarsi. Conosceva bene il recinto di Cinecittà, perché ci passava spesso a piedi.

Dunque, da casa sua si prendeva a destra e il raccordo anulare rimaneva sulla sinistra. Allora, proseguendo, sempre a destra…

«Giù!»

Matteo gli diede uno spintone e lo buttò a terra.

«Ma che sei matto!»

«Zitto! Sta' zitto!»

Gli fece cenno di guardare dietro di loro.

Al di là del muro di cinta si sentiva un gran trambusto, voci, urla.

Qualcuno litigava. Di sicuro Mani di Ferro stava pestando il povero Berretto di Lana.

"Brutto ma buono", pensò Aldo.

Gli vennero in mente i biscotti, che si chiamavano proprio così "Brutti e buoni", ma poi si disse che un simile paragone non sarebbe stato dignitoso per Berretto di Lana. Era stato più di un biscotto, per loro. Era stato un amico.

«Povero Berretto di Lana» mormorò.

«Ma che povero e povero! Quello ci ha aiutato solo per paura. Ha visto che lo avremmo messo nei guai e così...»

Da che avevano lasciato la loro prigione, Matteo aveva recuperato tutta la sua baldanza.

Aldo lo osservò in silenzio, poi disse: «Sarà pure come dici, però adesso le sta prendendo per difenderci».

«Balle» commentò Matteo.

Si acquattò e cominciò ad avanzare come un serpente.

«L'ho visto in un film. Serve per non farsi notare» disse rivolto all'amico.

«Ma se è quasi giorno. Ci vedranno comunque!» rispose Aldo e si raddrizzò.

«Sempre saputello, eh» gli si rivolse stizzito Matteo.

Ma si alzò anche lui, cercando di ripulirsi alla meglio.

Si nascosero dietro un casotto di cemento abbandonato. La luce del giorno ormai rischiarava tutto.

Si vedevano bene i palazzi, la strada, l'autostrada. Aldo riconobbe le finestre del suo palazzo.

«Ero così vicino! M'è sembrato un viaggio di un'ora!»

Dunque, erano... erano... alle spalle del campo nomadi! Lo disse a Matteo.

Lui sbiancò: «Ci manca pure di finire in mano agli zingari».

Aldo reagì con rabbia.

«Che c'entrano gli zingari, adesso!»

Finalmente sapevano dov'erano e quello era l'importante!

Se non aveva sbagliato i calcoli, sarebbe bastato attraversare il campo nomadi e si sarebbero trovati sulla strada che portava a casa.

«Attraversare il campo nomadi? Ma dove vivi?» lo assalì Matteo. «Tuttalpiù lo aggiriamo. Non voglio rischiare di ritrovarmi a chiedere l'elemosina per le strade!»

Aldo lo detestò.

Matteo aveva ripreso la sua aria da condottiero.

«Forza, dimmi qual è la strada».

«Dritto davanti a te» gli rispose svogliatamente Aldo.

Pochi minuti e videro baracche e roulotte degli zingari. C'era già movimento al campo.

Le donne versavano il caffè in grandi ciotole di argilla. I bambini più grandicelli caricavano piccoli serbatoi di plastica su carrelli improvvisati. Di lì a poco sarebbero andati in gruppo a caricare acqua per la comunità.

Gli uomini erano chi qua, chi là. Fumavano. Parlottavano.

«Sono sporchi e ladri». La voce di Matteo. «Guarda come vanno in giro, tutti stracciati.

Non si lavano. E rubano. Rubano come zingari!» aggiunse ridendo.

«Come si fa a passare senza farci vedere?» chiese ancora.

Aldo gli indicò il campo.

«Le roulotte sono tante. È grande qui. Dovremo camminare torno torno al campo, sul lato destro. In mezzora ce la facciamo».

«Forza. Testa bassa e piedi veloci!» gli sussurrò Matteo.

Partì.

Aldo lo vide guizzare verso il campo.

La luce del giorno era ormai piena. Lui aveva nel cuore una grande allegria. Non aveva più paura che Mani di Ferro lo acciuffasse.

“Prenderanno lui” pensò.

Si vide convocato dai giudici, in una grande sala illuminata dai riflettori della televisione. Lui avrebbe indicato Mani di Ferro e Silenzioso. Loro avrebbero pianto e chiesto pietà. Lui sarebbe stato inflessibile. E giusto. Così giusto da far assolvere Berretto di Lana.

Sarebbe uscito dall’aula tra gli applausi. Sara lo avrebbe abbracciato…

«Accidenti!»

L’imprecazione di Matteo lo riportò alla realtà.

«Che c’è?»

«Mi sono fatto male. Ho preso una buca e sono caduto su questa maledetta lamiera!»

Matteo lanciò lontano da sé un pezzo arrugginito di una lavatrice, abbandonata lì, proprio in mezzo al prato.

«Fammi vedere».

La gamba di Matteo sanguinava. Aldo ne rimase impressionato.

«Puoi camminare?»

«Ci provo».

Matteo si alzò con una smorfia di dolore, poi ricadde a terra gemendo.

«Non ce la faccio, fa un male cane!» si lamentò.

Bisognava fermare il sangue.

Aldo si tolse la maglietta, la strappò. Ne fece una fascia per coprire la ferita di Matteo.

Ma anche così, il sangue usciva a fiotti.

Lo prese per le spalle.

«Appoggiati a me. Dobbiamo far presto e fermare il sangue».

«Ma casa nostra è lontana» sussurrò Matteo, mettendosi in piedi.

«Casa nostra sì, ma il campo no» rispose deciso Aldo.

Matteo si divincolò e ricadde a terra.

«Piuttosto che finire in mano a quelli, io muoio qui!»

Aldo sentì crescere la rabbia dentro di sé.

Erano in mezzo ai guai, Matteo perdeva sangue come da un rubinetto e si permetteva ancora di avere paura!

Tentò il tutto per tutto.

«Va bene, muori qui!»

Si mise a correre verso il campo dei nomadi, mentre lo inseguivano i lamenti e le imprecazioni di Matteo.

«Me la paghi, traditore! Torna quiiiiiiiii!»

Arrivò al campo in un baleno. Riprese fiato.

Entrò camminando deciso.

La gente del campo sollevò la testa e lo guardò. Gli uomini smisero di fumare. I bambini gli si fecero incontro incuriositi.

Lui, Aldo, li guardò bene in faccia, poi fissò un omaccione dai capelli neri e lunghi. Le mani grassocce erano piene di anelli d'oro. Al collo una catena con il crocefisso. Un sigaro tra le dita.

"Deve essere il capo" pensò Aldo. Gli si avvicinò.

«C'è un mio amico che sta male. Ho bisogno di aiuto».

Non fu facile convincere Matteo. Alla fine si lasciò prendere in braccio da Zoltan, il capo. Era esausto. Sembrava un pulcino indifeso, povero Matteo!

Al campo le donne avevano preparato il letto per lui. Gli si misero intorno, lavarono la ferita e la bendarono. Offrirono una tazza di latte a Aldo.

Una vecchia donna, con i denti d'oro, gli sorrise e lo accarezzò. Aldo si sentiva senza più forze.

«Chiamate casa mia, per favore».

Uno dei giovani del campo tirò fuori di tasca un telefono cellulare.

«Che numero?» chiese.

Rise, di fronte alla faccia stupefatta di Aldo.

Arrivarono tutti. Genitori, medici, poliziotti.

Zoltan si affannava a ripetere a tutti: «Noi gente bbbona. No rubbbba bambbbbbbbini. Noi cura bbbbbbbambini».

«Balbetta, proprio sulla B» notò divertito Aldo.

Ci volle poco per spiegare la situazione e mettere in pace il povero Zoltan.

Mani di Ferro e i suoi compari, infatti, erano stati arrestati poco prima, dentro Cinecittà.

I poliziotti erano sulle loro tracce già dalla sera prima. Il negozio di videogame era stato una buona pista.

"Tanta fatica per scappare!", pensò Aldo "E invece, sapevano già dove eravamo!"

Però ne era valsa la pena.

Si lasciò stringere in un abbraccio vorticoso dalla mamma.

Papà gli diede una pacca sulle spalle. Poi scoppiò a piangere.

Diceva "Aldo, Aldo" e singhiozzava.

Piangevano tutti. Matteo. I genitori di Matteo. Aldo. I genitori di Aldo. Anche Zoltan e la vecchia con i denti d'oro si erano commossi.

«Ci vediamo al campetto» lo salutò Matteo, mentre lo portavano al Pronto Soccorso per medicargli la ferita.

Aldo salì in macchina con i genitori.

Era una bella giornata.

Cap. 10

UNA BELLA GIORNATA

A scuola, il giorno dopo, lo accolsero come un eroe.

Chi lo abbracciava, chi lo baciava. Tutti a dire: “Racconta”.

Venne anche il direttore. Fece un bel discorso. Parlò di criminali, di coraggio, di felicità per il suo ritorno. Sì, un bel discorso.

Lui pure, Aldo, parlò.

Sembrava non fossero mai stanchi di ascoltare il racconto di quella notte.

Chiedevano di Mani di Ferro, di Berretto di Lana, di Silenzioso.

Vollero sapere tutto di Matteo.

E lui a dire che era proprio un tipo in gamba, anche se non era vero.

Poi disse che aveva avuto paura, ma tanta paura.

Gli altri lo ascoltavano in silenzio, le bocche aperte, gli occhi attenti.

Nessuno lo prese in giro.

Tommaso, poi, non faceva altro che guardarlo e sorridergli. Lo abbracciava, gli stringeva la mano. Gli regalò anche un ovetto di cioccolata e dieci pacchetti dei calciatori.

Roba da non crederci!

Sara aveva visto tutto. Aveva visto un bambino, alle prime luci dell'alba, entrare nel campo nomadi.

Lo aveva visto camminare a testa alta, come fosse un pistolero del West pronto al duello.

Lo aveva visto bene... era Aldo quello!

E dopo, l'andirivieni della macchine, l'abbraccio dei genitori, l'ambulanza per Matteo.

Tutto. Aveva visto proprio tutto.

Quando Aldo era salito sulla macchina dei genitori, lei si era allontanata dalla finestra. Aveva preso la busta indirizzata a Aldo e le era venuta la tentazione di strapparla. Invece, l'aveva solo nascosta tra le pagine del diario.

Ora, a scuola, osservava Aldo, quasi assediato dai compagni. Intorno a lui decine di bambini. Lo chiamavano. Qualcuno gli chiedeva l'autografo.

Sara rimaneva in disparte. Non sapeva che fare. La busta per Aldo era nella sua tasca. La stropicciava con le dita, la piegava. Non sapeva decidersi.

Aldo sorrideva ai compagni ma rifiutò di giocare a pallone. Sara lo vide sedersi sul muretto.

Si avvicinò.

«Ciao!»

Aldo sobbalzò

«Ccciaaoo!» Non gli riuscì di non balbettare, maledizione!

Rimasero in silenzio, l'uno di fronte all'altra.

Aldo immobile.

Sara continuava a tormentare la tasca destra.

Rossa in viso (ma che caldo faceva!), gli disse: «Adesso sei famoso!».

Di nuovo zitta.

«Eh, già».

Aldo si molleggiò sui talloni.

"Ridicolo, sei ridicolo!" pensò di se stesso.

"E parla, scema!" si gridò (ma in silenzio) Sara.

Altri bambini si stavano avvicinando.

Sara tirò fuori dalla tasca la busta rosa e la porse a uno stupefatto Aldo.

Non fu precipitosa. Non scappò.

Semplicemente, Sara tendeva la busta e aspettava che lui la prendesse.

Quanto tempo lasciò passare Aldo?
A lui sembrò un secolo.
Poi prese la busta.
Sara non si allontanò.
Con il cuore in tumulto, aspettò che lui leggesse.
E ci mise tanto a leggere!
L'emozione era così forte che confondeva le parole, gli annebbiava la vista.
Arrivò fino in fondo alla lettera.
Alzò la testa.
Guardò Sara, gli occhi negli occhi.
Avrebbe voluto dire tante cose!
In testa e nel cuore aveva una tempesta.
Strinse la mano a Sara.
Disse: «Anch'io».

INDICE

Anna Lavatelli
Tito Stordito

Anna Sarfatti
Capitombolo sulla terra

Giusi Quarenghi
Io sono tu sei

Fabiana Camerin
Lilli e le streghe di Cork

Lucia Tumiati
Il mio amico invisibile

Marie-Sophie Vermot
Ma chi ti credi di essere?

Fabrizia Poluzzi
Topomostro

Mario Lodi
Il mistero del cane

Carlo A. Martigli
Duelli, castelli e gemelli

Lucia Tumiati
Vorrei volare sulla neve

Maria Loretta Giraldo
Rime per tutto l'anno

Angela Nanetti
Il segreto di Cagliostro

Luisa Mattia
Prigioniero in fuga

Kathy Ashford
Rob, il corvo e i gioielli

Stefania Fabri
Adesso che sono grande

Emanuela Nava
Ciliegie e bombe

Emanuela Nava
Coccodrilli a colazione

Angela Nanetti
Il segreto di Cagliostro

Olimpia è una bambina sveglia e cicciottella che condivide con Urbina, simpatica bibliotecaria, la passione per i libri e i dolci.
Quando una pagina importantissima del Codice di Cagliostro viene inserita in un libro per ragazzi della biblioteca, comincia un vorticoso giallo.

Angela Nanetti è una delle autrici più amate dai ragazzi e, grazie alle sue opere, ha ottenuto moltissimi premi e riconoscimenti, tra i quali il prestigioso premio Andersen nel 2003.

Kathy Ashford
Rob, il corvo e i gioielli

Rob ama tantissimo esplorare la discarica che si trova a due passi da casa: è un luogo pieno di tesori, come vecchie bici e vasche da bagno rotte. Un giorno vi trova Joe, una piccola cornacchia destinata a stravolgere la vita dell'intero quartiere.

Kathy Ashford da bambina si lasciava conquistare dai libri di C.S. Lewis, Alan Garner e P.G. Wodehouse. Solo dopo molti anni, e molti studi, ha cominciato a scrivere lei stessa, combinando la sua capacità di ritrarre la realtà con un forte senso dell'umorismo.

Lucia Tumiati
Vorrei volare sulla neve

Sergio non sa che le immagini che ogni tanto gli compaiono nella mente riguardano la sua terra di origine, da cui è stato allontanato quando era piccolo. Sergio è Serghej, ha una mamma e un papà adottivi e un cuore grande, pronto a ospitare il suo paese di origine e quello in cui è destinato a crescere.

Lucia Tumiati è nata a Venezia, ma ormai da tempo vive a Firenze. Ha scritto molti libri per ragazzi: con Giunti ha pubblicato, tra gli altri, Saltafrontiera, Filippo e il fiume magico *e* Il mio amico invisibile.

Maria Loretta Giraldo
Rime per tutto l'anno

Freddo e gelo, caldo e sole, neve e pioggia; e poi ancora strani personaggi, animali e piante. Per tutti c'è una filastrocca da leggere, o magari da imparare a memoria e recitare. Ecco invenzioni nuove e originali, che mettono in rima le piccole e grandi cose dell'immaginario infantile, divise nelle quattro stagioni.

Maria Loretta Giraldo è nata a Padova e vive sulla riviera del Brenta. Rime per tutto l'anno *è stato il suo esordio in una collana di narrativa per ragazzi, al quale sono seguiti tanti altri libri di successo.*

Anna Lavatelli
Tito Stordito

Tito non sembra molto sveglio: si lascia prendere in giro, crede a ogni sciocchezza, non reagisce ai bulli. O almeno così sembra a chi non sa che dietro alla sua ingenuità c'è un'intelligenza acuta. Leggere per credere!

Anna Lavatelli è ormai da anni un'autrice molto amata, sia dai piccoli che dai più grandi. Riesce a raccontare storie divertenti dicendo cose importanti. Che sia (anche) per questo che nel 2005 ha vinto come migliore autrice il prestigioso Premio Andersen?

Mario Lodi
Il mistero del cane

Un gruppo di bambini trova un cane in fin di vita in un fosso, proprio il giorno di Natale. Senza lasciarsi scoraggiare dalle difficoltà, tutti insieme decidono di prendersi cura dell'animale e di fargli il dono più grande: la libertà.

Mario Lodi è nato nel 1922 a Piadena (Cr) ed è uno degli scrittori italiani per ragazzi più amati, per la sua capacità di far riflettere ed emozionare con storie senza tempo.

Giusi Quarenghi
Io sono tu sei

BIBLIOTECA DI MELO VESPERTINO

LABORATORIO PER RAGAZZI DAI 7 AGLI 11 ANNI

"LA VITA È TANTE STORIE IN CERCA DI AUTORI.

CHI SI OFFRE?"

Per Beatrice e Aziza è l'inizio di un'amicizia, e per tutti i lettori comincia un'avventura alla scoperta delle diversità...

Dal suo primo libro per bambini (nel 1982) Giusi Quarenghi ha scritto storie, filastrocche, racconti, romanzi, sceneggiature per disegni animati. Tra le più amate autrici italiane, nel 2006 ha vinto il prestigioso Premio Andersen.